ひとりが好きなあなたへ2

ひとりが好きなあなたへ

こんにちは。おひさしぶりです。

お元気でしたか。

ポツンポツンと落ちるしずくがゆっくりと土に染みこむように、前に出した「ひとりが好きなあなたへ」という詩集を読んでいる人が、少しずつ広がっています。

私はあの詩集をあるひとつの気持ちで書きました。あの詩集を好きな人たちはあの気持ちに共感している。なにかこう……他の本とはまた違った特別な仲間のような、なにか独特なつながりを感じます。その人たちが今もあちこちにいる。

なので、2通目の手紙を書こうと思いました。

どのような姿勢で書くかは、昨日、思いつきました。

それは、心のいちばん弱く柔らかいところをそっと包みこむように書く、です。

これは出す手紙です。

けれど目には見えない手紙です。

(今回の写真は空気感のあるものを選びました)

簡単に

簡単にたどりつけないものが好き
容易に姿を現さないものが好き

簡単に笑わない人が好き
容易に弱みを見せない人が好き

でも最初に弱みを見せる人も好き

弱みを
弱みとして見せない人が好き
強みを
強みとして見せない人が好き
そういう人は別のもののようにしてそれを見せる

簡単に人を
好きにならない人が好き
簡単にたどりつけないものが好き

流れの輪の途中から

悲しみは時間を超えるから
私はいつも嫌いだった

孤独はいつかなくなるだろう
そう思って生きてきた

未来の中に希望を託し
その香りを追いかけた

少しずつ前へと進み
そのたびに景色は流れた

あの人もあの人もおもしろいことを話し

いつのまにか遠くへ消えた
いくつも山を越えたけど
気がつくと同じ場所にいる

孤独はなくならないけど
そのことを考えなくなった

青い花がきれいだから
もうすこしここにいよう

流れの輪の途中から入ったり出たりするものがあって
動きは規則性を保持しながら破調を抱き込む

川の水がサラサラと流れる如く

光を当てる

怒りを根本的に鎮めてくれるのは
一緒に怒ってくれるのでなく
その怒りのもとをあきらかにして
違う見方を示してくれるもの
ある角度から光を当てると怒りの対象そのものが
雲散霧消する

時の仕組み

よく考えたら
何も悪いことなかったのにね
それほどのことじゃなかったのにね

会えなくなってから
いつもいろいろなことに気づく
でもきっと
その時には無理なのだ
会えてるあいだは
無理なのだ

気づくにはなにか
時の仕組みが必要なんだ

一生に一度

一生に一度だけ
何かを言い切る権利を得るとしたら
私はこれを言いたい

大丈夫だよ　と

なにが？
なんでも
どうして？
どうしても

私は言いたい
大丈夫だよと

シギリヤ・ロック

じんわりとショックなことがあって
暗い気分だ
こういう時
気を大きくさせてくれるものが欲しい
何かないか

たとえ長い休憩中でも
いきいきとしたリアルな人生にはどこからでも入っていける
時間に切り込め
ふわっとした手段で

帰り道　沈みながら決めた

夢を語ったら
否定された

大変だよと言われた
浅はかだとバカにされた

よく考えてもくれないで
簡単に

いい人だと思ってたから
胸にこたえた

夢を語ってはいけなかったのか

出鼻をくじかれた

帰り道
暗い気持ちで
思いに沈み
沈みながら決めた

でもやってみよう
そしてあの人に相談するのはもうよそう

なんとなくできる気がするから
できなくてもやってみたいから

あの人が悪いんじゃない
あの人は僕じゃないから僕の気持ちがわからないだけなんだ

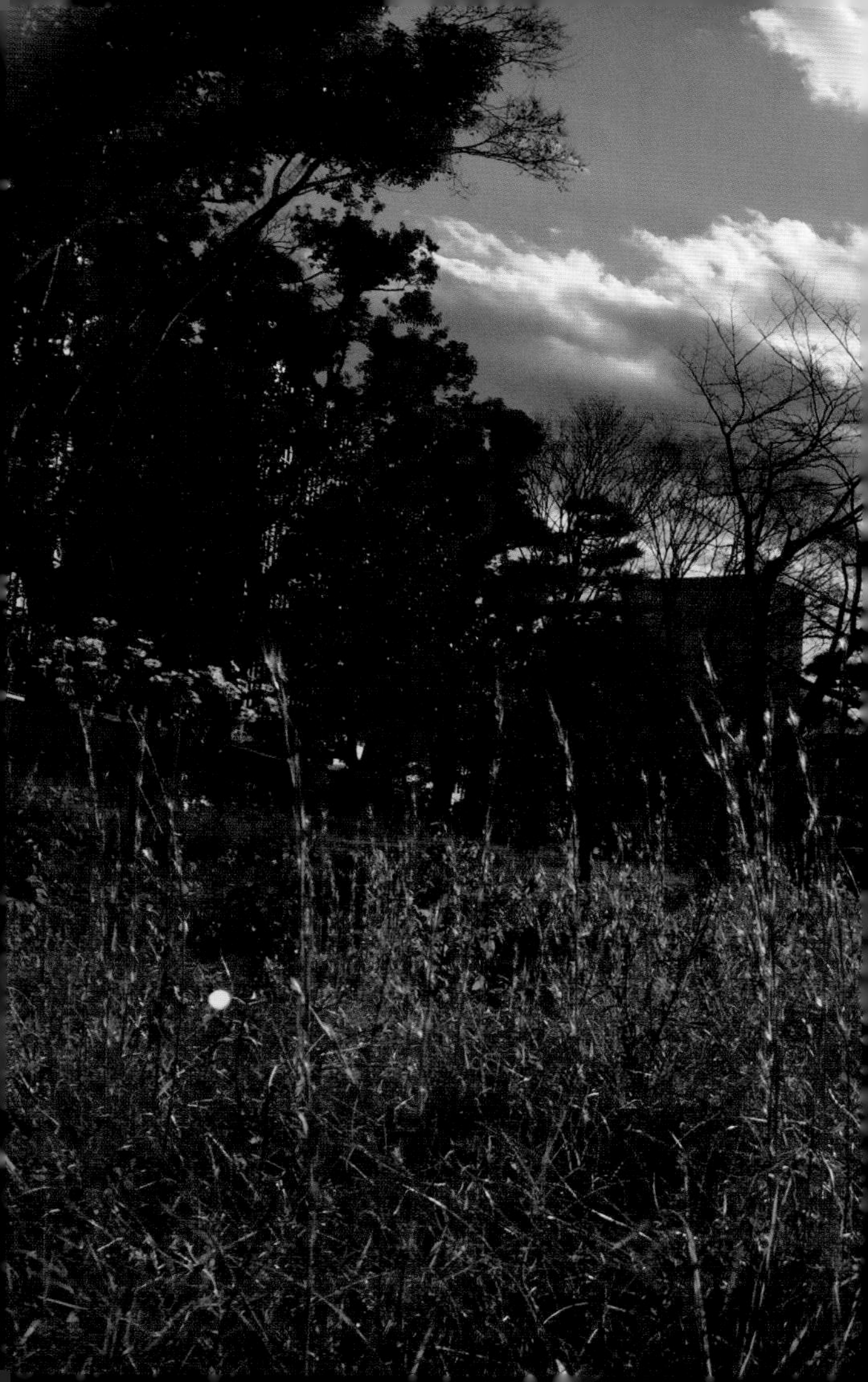

だからそれはよすとして

世の中に理不尽なことは多い
誤解されたり
説明する機会を与えられなかったり

それはたぶんみんなそうだろう
そういう経験をしてない人はいないだろう

どうしてこんなに世の中は汚いのか
悪い人はいるものだ

いい人もいるけど
悪い人もすごく多い
いったい

どっちが多いんだろう

悪い人たちがしている悪事のことを思うと
嫌な気持ちになる
そんな悪い人がこの世にいるの？　と
びっくりすることがある

でもそのことを今ここで
一から考えてもしかたない
だからそれはよすとして
まずは自分のまわりのことを考えよう
そこに悪事を入り込ませないように
がんばってみよう
気をつけてみよう

宇宙規模

人の悩みを冷静に聞いてみると
それほどでもない
それほど重大でも　さしておもしろくもない
ありふれたものだ

誰の悩みもその人の心と体の中に
しっかりと納まってる
他人の悩みとはそういうもの
なのに自分の悩みは宇宙規模

すがすがしい儀式

もう何もふたりのあいだに残ってない
やり残したことはなく
これ以上いても時間の無駄だし
かえって健康を損ねそう

まだ愛していると思うのは乱暴な錯覚
現実をちゃんと見てない証拠
よく考えてほしい
きっとわかる

僕らは充分
時間を共有した

人ができることといったらわずかだね
グラスをゆすっても
泡は出ない
出来事の終わりを見届けるのは
すがすがしい儀式

その時

「その時、言ってくれたらよかったのに」
は
だいたい言えない

思うけど

人を好きにならないのか
人を好きになれないのか

なにもかも欺瞞《ぎまん》だ
でも尊い

好きになるといっても
ピンポイントで好きなだけ

なのでたいがいすぐに
その感情はなくなる

人をあまり好きにならない

好きになっても薄くだけ好き

そんな
人を深く好きになれない僕は
人を好きになる資格がない
人に好きだと言えない
だから僕は人を好きになってもしかたない

じっと待っているとやがて何かが起こり
さめる瞬間がやってくる

その時に
ああ　よかったと思う

思うけど

今の流れ
リアルタイムでそこにいる?

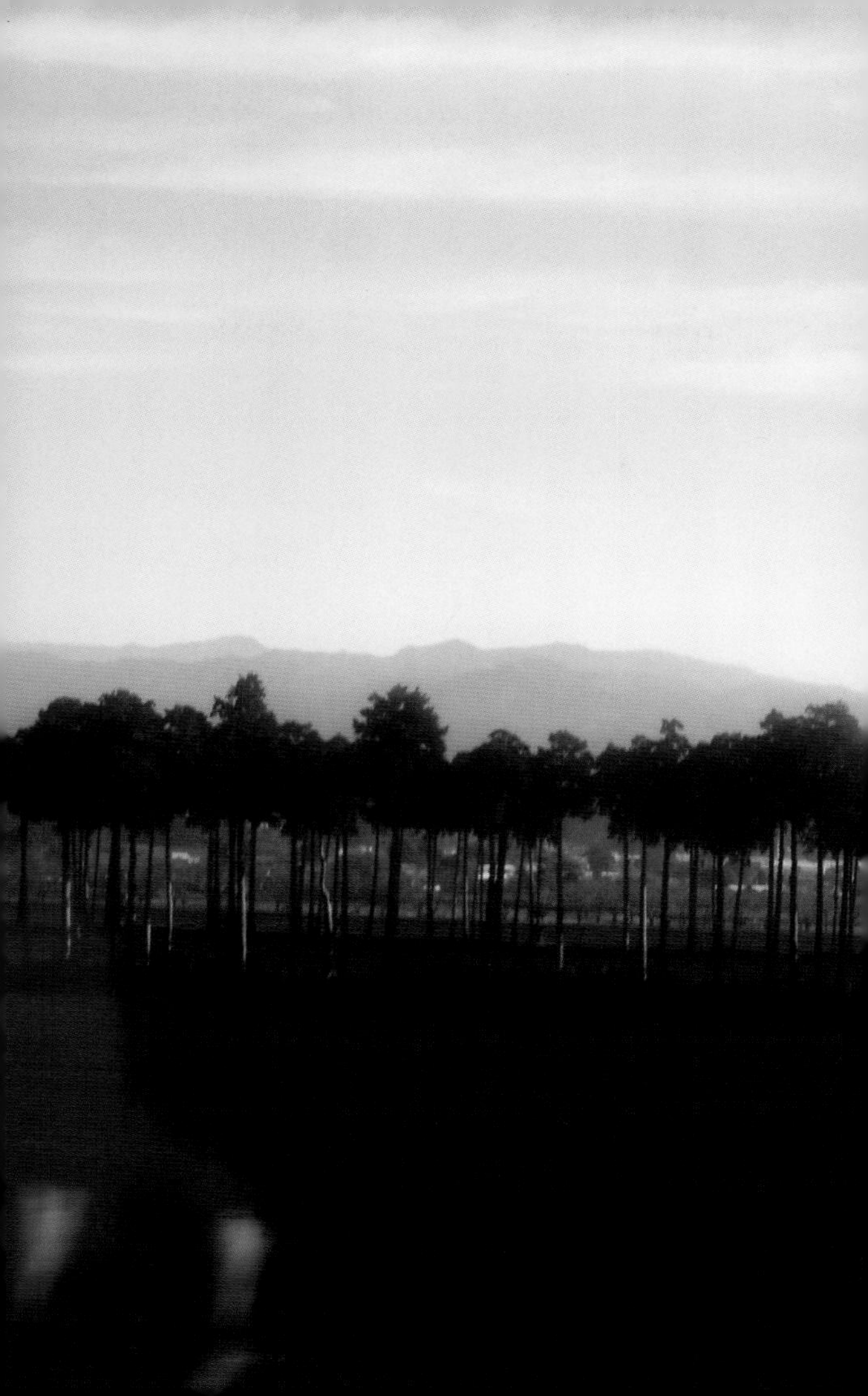

未来を懐かしく

思い出した
一瞬　思い出した
せつない
懐かしさ

懐かしい何か
胸がハッとする

過去に感じた思い
未来への
未来への希望
未知へのあこがれを伴う

それをずっとたった今　思い出す

かつてずっと昔
未来を思い
感じたせつなさ

過去における
想定上の未来を過ぎた現在
あの時に思った未来を
もう通り過ぎてしまった今
過去の未来の未来の今

あの過去に思った未来への思いを
過去の感情として懐かしむ
この感覚は今になってしか味わえない構造

助言

「なんて言ったらいいの？
いつもうまく言えなくて」

「ただ用件だけを
棒のように言うんだよ

機械みたいに

それだけ

よけいなことを考えずに

気をつかったり

気にしたり
もやもやしてると
相手はそのもやもやに反応してしまうから
むこうも困るから

ただ
棒のように言えばいいんだよ
棒のように無心に言うんだよ」

好きなとこ
やさしいつめたさ
君の
つめたいやさしさ

深刻さ

深刻さを嫌った

けれど
それについて考えてみようかと思う
大嫌いな深刻さについて

深刻さとは
余裕のなさ
凝り固まり
厳しさ　苦しさ

もっと気楽に
いい加減に

ねえ
この世に
深刻になっていいことなんてある?

どんなことも笑って乗り越えようよ
たとえ無理でも
乗り越えられなくても
深刻さでまいるより
笑ってへなちょこに
ヨタヨタしながら行きましょう
やっちゃったね、って言いましょう

笑顔に
僕らはいつも救われる

だれにでも

だれにでもいい顔をする人は
だれからも距離をおいている

だれにでも当たりさわりのないことを言う人は
心の奥で苦しんでいる
そしてその苦しみに気づかないでいる

僕の気晴らし

いつかまた、なんて幸福すぎる夢
そんな機会はやってこない

何度も待ってて
それがわかった

僕の気晴らしは
過去の苦しかった一点を思い出して
今のとりあえずの平穏さを
しみじみ味わうこと

苦しかったことや大失敗を思い出して
平凡で退屈だけど苦しくない今の状況を確認し

ああよかった
と胸をなでおろすこと

僕の趣味は
起こらなかった不幸を想像して
起こらなかったことを喜ぶこと

僕の長所は
僕の長所は…
なんだろう
まあいいか

僕の趣味は
苦しかったことを思い出すこと

もしかすると
心を開いたのがいけなかったのかなあ

輪郭の中へ

説明のつかないつきあいだった
私の知ってる部分しかわからない

結論を出せず
確かとはいえない

知ってるあの人の輪郭の中へ
私は飛び込む

私から見える確からしさ
この輪郭の中のひとりの人

境目は曖昧

曖昧さは重要
輪郭線が問いかける
なぜ
と

何を思うの
心惹かれたの

説明のつかないつきあいだった

粒子の花

理解したいと
どんなに努力しても
限界がある

あの子は僕が言ってることがわからないようだ
本当にわからないんだ

困ったなあ

聞こえる？

ある安定した場所から離れる時期
今がその時かもしれない

傷ついたという言葉は
簡単に使ってはいけない

なぜならそれは間違いだから
なぜならそれはとても大事な言葉だから

傷つけられるとはどういうことか

シーッ

声を出さないで
言葉を出さないで
言葉はとても大事なものだから
簡単に使わないで

黙ってて

そこから空が見えるでしょ

聞こえる?

聞こえる?

ダイヤモンドがそう告げた

私はなぜダイヤモンドに心惹かれたか

ある時
道端にダイヤモンドが光っていた
ダイヤモンドのようなものが光っていた
ダイヤモンドは私に道を告げた

そのまま　まっすぐ行きなさい

私はそのまままっすぐに進んだ
何があってもびくともしなかった
だってダイヤモンドがそう告げたから

進んで数年たった
さらに何十年もたった

どうなったかといえば
こうなった

比較する人生がないので
ダイヤモンドのお告げの是非はわからない

あの時のダイヤモンドは朝露
告げたのは気のせいだと思う

そのまま
落ちていくのを見ているのですか

伝えたいこと

たった今
私があなたに伝えたいことは

可能ならば
もうすこし様子を見ましょう
ということです

結論も判断もとりあえず置いといて
しばらく様子を見ていましょう

それなので今は
今日やることだけをやりましょう

先のことはとりあえず
あまり考えず
しばらく様子を見る

それでいきましょう

ドアノブがあればゆっくり回し
静かにドアを開けましょう
そして静かに閉めましょう

はじまりの風

はじまりの風
ひと吹き

心の中であたためていたものが
そっと動き出す

両手に包んで
空に放つと

歌いながら
飛んでいった

ぼくはここで

その姿を絵にかいた
その声をなぞって
その歌を踊った

その時の感情を繰り返し思い出して
人々に接した

落ち込んだ時は
あの歌を思い出す
すると力が湧き起こる

思い出すと力が湧き起こるものが
わずかにあって
それが
生きる力になっている

逃れる

長く縛られていた人から逃れるには
その人には価値がないということを認めなければならず
それは自分の一部を壊すことでもあるので
とても苦しいことだ
でもそうなんだ

春

眠たい
ぼんやりしてる

なにかひとつ
いいことがあれば
キラッとしたことがひとつでもあれば
今日は救われるんだけどなあ

やる気がなく
気がすすまない

思い出すと暗くなることばかり
記憶力のいい自分が憎い

歩いて
外に出てみよう
外は快晴
雲もない
くっきり影ぼうし
冷たいアルミ缶と僕

双曲線

しがみつくと壊れる
手を放して

僕たちはやっぱり

どうしてそんなに
笑ってるの

いつか思い出すね
きっと今日を

僕たちはやっぱり
君が好き

どうして急ぐの
急ぐの休もう

僕たちはやっぱり

僕が好き

どうして
そんなこと言うの
どうして

ごめん
もう聞かないよ
黙っとく

でね
思った
僕たちはやっぱり
僕たちが好き

まぶしさに届く

悲しくなったけど
そのあとに
悲しみは去った

時間が過ぎれば
なにもかもよくなる
そしてまた
時間が来て
なにもかも悪くなる

その繰り返し

よかったよ
いいこと聞けて
今だけちょっと
ほっとできた

草が四方八方から押し寄せてくる
自転車の足にも手にも痛くかすった

坂道を下る

君の髪が夕日に輝く
それがまぶしさに届く

まぶしさに届くのは僕たちがとても悲しいから
でも悲しいのは悪いことじゃないよね

金ラメカーテン

気が沈んだ時に見る紙を
壁に貼っておこう

若草色の木枯らし

人を好きと言うのなら
ちゃんと好きと言ってなれ
好きと言えない好きならば
ダメさ加減が僕と同じだよ

僕と同じ弱さが
街中に蔓延《まんえん》して
すくめた肩に
木枯らしが吹く
弱さが協力しあって

お互い支えあうから
弱さが強さを増して
ますます弱くなる

あきらめた後に
若草色の笑顔

幸せが近づいた気がしたが
これも幻だろうか

核

その人が本当に言いたいことは何なのか
誰にもひとつ　核がある
言いたいことがある

それを聞き出せたら用はない
それを僕から聞き出されたら
去られてもしょうがない

補助線

君と出会って
世界が理解しやすくなった
世界を嫌いじゃなくなった

ドアが開く

ひとりでもいいと思えた今
気合を入れて
気らくに恋人をさがそう

希望は君を追い立てる

しばらく会わないあいだに
君も成長しただろうが
僕も成長したんだよ

孤独でもいいから
本当に思ったことだけを話し
人づきあいも
日々の暮らしも
無理や我慢をしないで
生きていきたいと思うんです
と
言ったね

孤独はどのようだったかな
自由さがよかったのは最初だけで
孤独はしみじみ沁みただろう?
胸に深く沁みるだろう?

しばらく会わないあいだに
君が僕に近づいた分
僕は君から遠ざかったよ

希望は君を追い立てる

さあおいで
永遠に待ってあげる

月光

なぜか急に
意味あることを言いたくないと思ったんだ

選択の余地なしについて

選択肢の数と幸福度の関係を考えながら
魚釣り

選択肢が少ない方が幸福度は高いかも
選択の余地がないと考えなくて済むから
かえって楽かもなあ

組み立て椅子に座って沖を眺める
釣り竿はピクリとも動かない

雲が勢いよく流れてく
北から南へ

海面に視線を落とすと
小さな波が無数にゆれて
いつのまにか泣きたくなる

泣かないように
思い出さないように
あのことを思い出さないように
できるだけ無表情で

場所を変えようかな
あと20メートルぐらいあっちに
向こうの方が釣れそうに見える

選択の余地がないって
気楽だよね　時には

プラスマイナス

1対1の時だけ
生き抜くアドバイスをくれた
何才の時が平穏か
若さ、希望と不安

平衡感覚
波形

見せ方と本心
プラスマイナスゼロ

もしどちらかに傾いていたら

どちらかが勝ってると思ったら
その現象にはまだ終わりが来てないか
見過ごしているものが何かある

人には
まっすぐに言うともっといいよ
たぶん違うことが起こる

フレア

私たちがわかりあえているのは
とても微妙なところ

繊細なところなので
人には理解させられないかもしれない

私たちでさえ
私たちが
ものすごく集中して
あらゆる異物を排除して
きれいなところで
出会えるときだけ
確かめられる

そんな部分
ものの輪郭のフレアの
あの涙っぽいとことか
苺の赤のような
ハッとする美しさ
きらめくように重ねた
幾千粒の努力

人の世のこととか

教えてくれなくていいのに
知っちゃうんだよ
人はみんな

だから悲しいんだよ

空き地に

おじけづいて
その名
自由
という言葉を聞いた時
だいたいのことがわかった
夢も燃やさず
無力だと

空き地に
人が言うには愛というのか
それが吹くだけ
波であれば砕ける

悲しく愉快に笑う僕は
道ばたに数限りなくいる主人公
ひとりひとり光る無数の

受け入れてさえいけば
問題は何もない

だからやっていけますよ

問題は何もない

大変大変と言う人は
同じところにそれを見るだけ
大変大変と
ずっと言ってろよと思う

希望を託す

子供の頃に見た
世の中の人々の醜さが
すごく心に残った

今でも鮮明に残ってる
大人も子供も
人には心の中に醜いところがある
未熟ということなのかもしれない

そういうものだと思うから
特にそれを非難しないけど
できるだけそれが少ない人でありたいし
少ない人と仲良くなりたい

子供の頃に感じた
人の醜さ、どうしようもない悲しさ
それを思うと
何も言えなくなる
人を批判できなくなる

僕は　だから
蓮の葉の上で白く輝く朝露のようなものに
希望を託してしまうのだが
それはしかたないことで
夢がなければもうなにもない

怖いものは常に存在するけど
僕は人の中の　それ以上の清らかさを見たことがある

雲と波

わかる人は言わなくてもわかる
わからない人はどんなに説明してもわからない
どうしようもないな

ため息でうつむき
吸う息で空を見上げる

想像できないくらい
大きなものを想像してみたい
そのことで頭をいっぱいにしていたい
そうしているあいだは
何も考えなくて済む

孤独がまたきた

強い孤独が襲ってきた
これは数年に一度レベル
かなり強い

僕は孤独だ
誰といても
何をしても
何を得ても

結局
この孤独を忘れさせてくれるものはない
これが襲ってきたら
とにかく身を低くして

抵抗を少なくしてやり過ごす
そうしないと飲みこまれる

我慢するだけの理性がある時は大丈夫
理性のない時だったら自信はない

孤独感は突然やってきて
数分で去るが
その数分が永遠のように感じる

どうか
誰か
いや誰かに願うことはできないか
どうか自分よ
ギリギリ　負けるな　飲みこまれるな

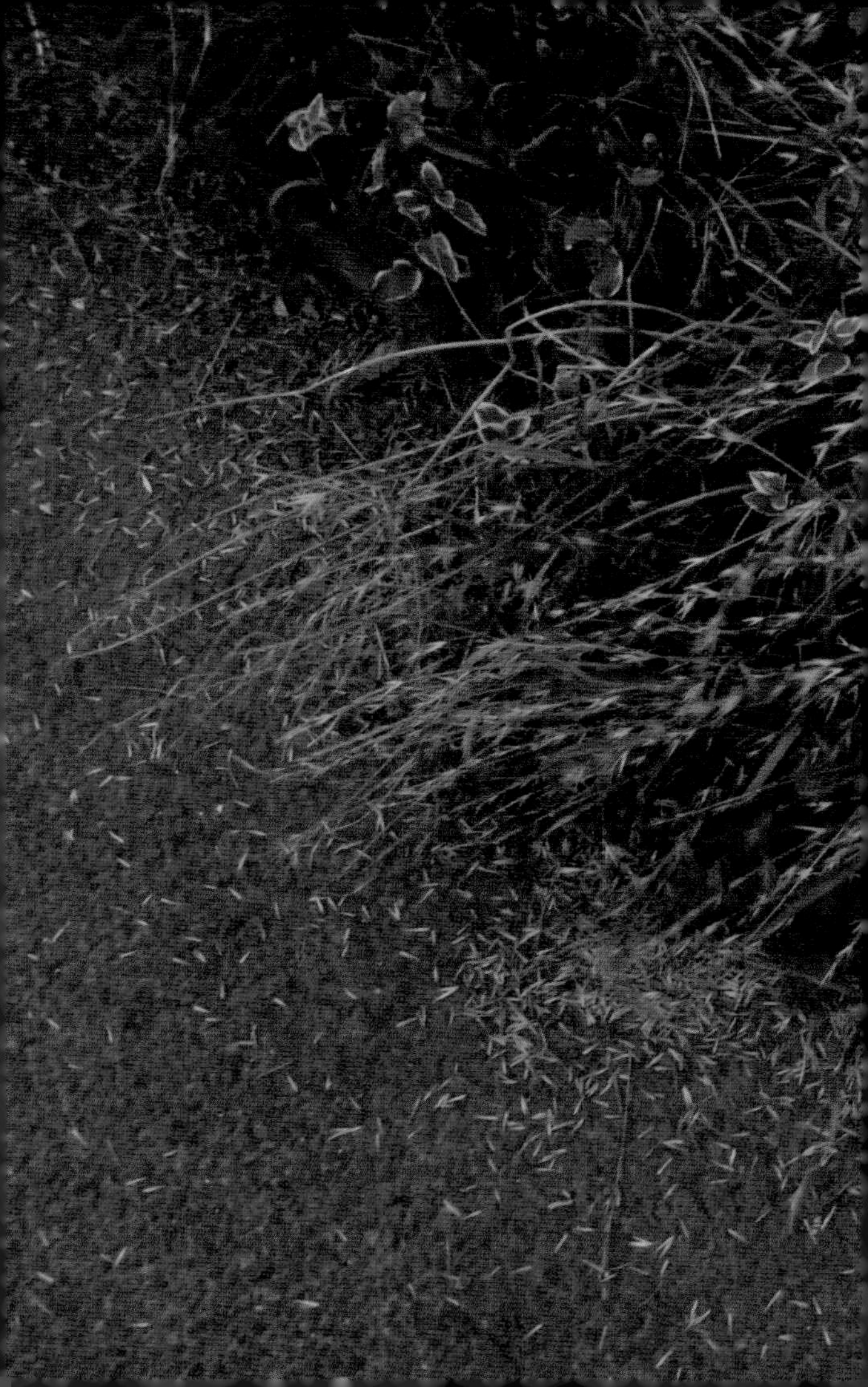

新しい星

みるまに星が崩れた
というのも
思いがけない人が思いがけないことを言ったから

やめて
いや
やめないで

僕の感情なんてどうでもいい

あなたはあなたのままで
そのままでいてください
そのせいで僕の星が壊れても

星はただの思い込みの幻想だったのです

たぶんそこからまた
新しい星が生まれ
輝きだすだろう

何度でも
失望と感動は繰り返され
そのたびに
自分も人も強くなる

そのたびにより輝く星が生まれる
それがいいのです

自分を失くす

全員に好かれようとすると
やがて必ず自分を失くす

幸福な朝

ポテトサラダを作ろうか
丁寧に
無水調理で

あこがれの人は
薄く小さな機械の中から
なんかしゃべってる

いいことや
頭よさげなこと
くだらないこと
かわいらしいこと

こんな
めったにない
心配ごとのない
幸福な朝

生まれたこと
生きることの喜びに
満たされる朝

はっきりわかるよ
めったにないからね

響くもの

ひとつひとつ
考えて

しみじみ
うなずく

そうか
そうなんだ

もうそうなんだ
もうこうなってるんだ

人々の反応を見てると

いろんなことがわかる

響くものを投げると
返ってくるものも
大きい

ねじれた夏

青空　ちぎれろ　夢の速さで　僕らの胸へ

遠ざかれないもの

このあいだ気づいた
人の悩みは全部
遠ざかれないものとのつき合い方だった

思ったこと、ふたつ

1

ものごとは
思い出しすぎると悲しくなる
考えすぎると虚しくなる

2

わかってほしいとは思わないけど
わかってくれる人はどこかにいるだろうとは思う

少しずつ

少しずつ無理を
していたのかもしれない

そして寸前まで

世の中が急速に流れてる

世界という名の川は
滝へさしかかった
これから滝つぼに落ちていく
驚くほどゆっくりに見える

全員が心の中で
これから落ちていく滝つぼを感じてる
そして寸前まで
今までと同じように動いてる

これからどうなるのか誰もわからない

その先に行った人はいない
おもしろいことになった

心で旅を

心で旅をしているから
そっちに行くのは簡単だよ

三日月の端

塀の上にのぞく三日月の端
楽しいことがこれといって何もない日々の
なんという気楽さ

どうなってもかまわない日々の
なんというすがすがしさ

自由なようで不自由な人だった
かつて自分もそうだったからわかる

同情は無用だろう
人にもだれにも

望むものを得るために
その人は進んでいる
道は遠く
曲がりくねっているから
逆行する時もある

言葉は無用だろう
胸がいっぱいの人に

あとがき

心のいちばん弱く柔らかいところをそっと包み込むように書こう、と思って書き始めたのに、そんなことはすっかり忘れてしまって。心の動くままに書いていたら、こういう詩集になりました。つまり、意外とキッパリとしたものに。
私の詩の書き方は、その瞬間に湧き上がってくる感情を言葉に変換して書きつける、チャネリングみたいな書き方なので、自分でも意図せず、書き終えてから、ああ、こういうことなんですね、と思います。

いずれにせよ、今この瞬間、この世界に私たちがいて、こうやって意志を通わせています。先のことはわからない。昨日までのことはあの通り。あまりいろいろ考えず、無理せず生きていきましょう。ひとりとなったらもう、ひとりの強みを活かすしかない。でもその強さはかなりのものです。

それではまた会いましょう。時々こうして見えない手紙を送ります。

銀色夏生

ひとりが好《す》きなあなたへ2

銀色夏生《ぎんいろなつを》

令和3年2月5日　初版発行

発行人――石原正康
編集人――高部真人
発行所――株式会社幻冬舎
〒151-0051東京都渋谷区千駄ヶ谷4-9-7
電話　03(5411)6222(営業)
　　　03(5411)6211(編集)
　　振替00120-8-767643
印刷・製本―図書印刷株式会社
装丁者――高橋雅之

幻冬舎文庫

ISBN978-4-344-43059-4　C0195　き-3-23

幻冬舎ホームページアドレス　https://www.gentosha.co.jp/
この本に関するご意見・ご感想をメールでお寄せいただく場合は、
comment@gentosha.co.jpまで。